P9-EEB-378

HARRY
el perrito sucio

HARRY

por **Gene Zion**

el perrito sucio

Ilustrado por **Margaret Bloy Graham**

Traducido por **María A. Fiol**

Harper Arco Iris
An Imprint of HarperCollins*Publishers*

Library of Congress Cataloging-in-Publication Data
Zion, Gene.
[Harry the dirty dog. Spanish]
Harry, el perrito sucio / por Gene Zion ; ilustrado por Margaret Bloy Graham ; traducido por María A. Fiol.
p. cm.
Summary: When a white dog with black spots runs away from home, he gets so dirty his family doesn't recognize him on his return as a black dog with white spots.
ISBN 0-06-027052-7. — ISBN 0-06-443443-5 (pbk.)
[1. Dogs—Fiction. 2. Spanish language materials] I. Graham, Margaret Bloy, ill. I. Title.
[PZ73.Z6 1996] 95-12404
[E]—dc20 CIP
AC

1 2 3 4 5 6 7 8 9 10
❖
First Spanish Edition, 1996

Harry era un perro blanco con manchas negras.
A Harry todo le gustaba, excepto. . . bañarse.
Un día, cuando oyó que llenaban la bañera de agua,
cogió el cepillo que utilizaban para bañarlo. . .

y lo enterró en el patio.

Después, se escapó de casa.

Fue a jugar a una calle que estaban reparando

y se ensució muchísimo.

Jugó cerca de la vía del tren

y se ensució todavía más.

Jugó con otros perros

y acabó aún más sucio.

Se deslizó por una canal llena de carbón
y se puso más sucio que nunca.
En realidad, Harry dejó de ser

un perro blanco con manchas negras,
para convertirse en un perro negro
con manchas blancas.

Aunque podía seguir en busca de nuevas aventuras, Harry comenzó a preguntarse si su familia creería que él, *de verdad,* se había escapado.

Como estaba cansado y tenía hambre,
corrió a su casa sin detenerse
en ningún otro lugar.

Cuando Harry llegó a su casa,
entró por debajo de la cerca
y se sentó a mirar la puerta del patio.

Alguien de la familia miró hacia afuera y dijo:
—Hay un perro extraño en el patio. . .
y por cierto, ¿han visto a Harry?

Cuando Harry oyó esto, trató una y otra vez de demostrarles que era *él.* Comenzó a hacer todos los trucos de siempre.

Dio volteretas hacia adelante y hacia atrás.
Rodó de un lado a otro y hasta se hizo el muerto.

Bailó y cantó.

Hizo los mismos trucos una y otra vez,
pero todos movieron la cabeza y dijeron:
—¡Oh, no! Ése no es Harry.

Al fin, Harry se dio por vencido
y echó a andar lentamente hacia la puerta.
De repente, se detuvo.

Corrió hacia una esquina del jardín
y empezó a excavar con fuerza.
Al poco rato saltó fuera del hoyo
ladrando alegremente.

¡Había encontrado su cepillo de baño!
Lo agarró con la boca
y entró a la casa.

Se lanzó escaleras arriba,
mientras toda la familia
corría tras él.

Saltó dentro de la bañera con el cepillo en la boca
y se paró en dos patas, como implorando.
Algo que nunca había hecho antes.

—¡Este perrito quiere bañarse! —gritó la niña.
—¿Por qué tú y tu hermano no le dan un baño?
—le dijo su papá.

Harry se dio el baño más jabonoso de su vida. De pronto, ocurrió algo mágico. Los niños comenzaron a cepillarlo y gritaron alborotados:
—¡Mami! ¡Papi! ¡Miren, miren! ¡Vengan pronto!

¡Es Harry! ¡Es Harry! ¡Es nuestro Harry! —gritaron.
Harry meneó la cola. ¡Estaba feliz!
Su familia lo peinó y lo cepilló con cariño.
¡Se había convertido de nuevo en un perro blanco
con manchas negras!

Era maravilloso estar de nuevo en casa.
Después de comer, Harry se quedó dormido
en su lugar favorito, mientras soñaba feliz
pensando en lo mucho que se había divertido.
Dormía tan profundamente que ni siquiera
sintió el cepillo que había escondido
debajo de su almohadón.